Viré, viré, viré, même viré du Rmi !

Roman

Du même auteur*

Certaines œuvres sont connues sous différents titres.

Romans

Le roman de la Révolution numérique
La Faute à Souchon : (Le roman du show-biz et de la sagesse)
Quand les familles sans toit sont entrées dans les maisons fermées
Liberté j'ignorais tant de Toi (Libertés d'avant l'an 2000)
Ils ne sont pas intervenus (Peut-être un roman autobiographique)

Théâtre

Neuf femmes et la star
Les secrets de maître Pierre, notaire de campagne
Ça magouille aux assurances
Chanteur, écrivain : même cirque
Deux sœurs et un contrôle fiscal
Amour, sud et chansons
Pourquoi est-il venu :
Aventures d'écrivains régionaux
Avant les élections présidentielles
Scènes de campagne, scènes du Quercy
Blaise Pascal serait webmaster
Trois femmes et un Amour
J'avais 25 ans
« Révélations » sur « les apparitions d'Astaffort » Jacques Brel / Francis Cabrel

Théâtre pour troupes d'enfants

La fille aux 200 doudous
Les filles en profitent
Révélations sur la disparition du père Noël
Le lion l'autruche et le renard,
Mertilou prépare l'été
Nous n'irons plus au restaurant

* extrait du catalogue, voir page 67

Stéphane Ternoise

Viré, viré, viré, même viré du Rmi !

13 septembre 2013

Jean-Luc PETIT Editeur / livrepapier.com

A

Il cite Marcel Proust, Stendhal, Milan Kundera, Emile Zola mais aucune référence précise ne lui vient quand il repense à l'instant crucial, au jour où il fut persuadé d'avoir compris l'essentiel : « *pour atteindre mon objectif, je devrai tricher encore un peu mais surtout comprendre avant les autres un bouleversement ; tricher et magouiller, au stade amateur, sera rapidement insuffisant ; l'autre alternative étant de me professionnaliser, prendre trop de risques, tenter un de ces coups de poker le plus souvent synonyme de case prison... et ça non !* »

Son objectif : « vivre libre. » Classique. Vivre libre avec la littérature et la nature. Lire, planter des arbres, manger de vrais fruits, jardiner, et pourquoi pas même un jour écrire, raconter. Moins Classique.

A la librairie de Reims, il avait acheté des biographies d'écrivains et son premier mois de chômeur s'est déroulé avec ces livres, dans sa chambre d'enfant, chez sa mère, où il est retourné après « l'accord transactionnel », conclusion voulue définitive d'une expérience de salarié.

Il a 25 ans, s'abonne au quotidien « *le Monde* », à l'hebdomadaire « *le Nouvel Observateur.* » Il se donne deux ans ainsi, pas plus, plus « *ce ne serait pas tenable.* » Il a conscience d'un décalage avec « les jeunes de sa génération » : 25 ans est devenu l'âge de la véritable entrée dans la vie active pour un diplômé. Alors il ne côtoiera presque personne durant ces mois. Hormis la coupure du samedi soir, mais il sortira en Belgique ou dans l'Aisne, si loin qu'il n'y croisera jamais personne de son canton.

C'était une transgression des lois de son époque : être cadre, à 25 ans, et ne pas tout faire pour le rester, pour progresser dans « la hiérarchie », accroître son pouvoir d'achat. C'était en 1993.

1

Dire qu'à 25 ans j'étais cadre ! Cadre en informatique même. L'informatique déjà incontournable, début de carrière prometteur, une voie royale, promesse d'une vie aisée, belle voiture, belle maison, vacances, résidence secondaire. Puis ce fut la dégringolade. Déchéance sociale. Viré du grand groupe, la grande famille où l'on entrait normalement pour la vie. Quelques années d'Assedic tranquille et viré de l'ANPE sur ordre de la Direction Départementale du Travail et de la Formation Professionnelle. La deuxième chambre du tribunal administratif de Toulouse n'avait pas encore délibéré de mon appel contre cette radiation, que je perdais mon RMI. Que se serait-il passé si J.P. Julliere, président, et M.Torelli, F. Perrin, conseillers, avaient, deux ans, quatre mois et dix-neuf jours après l'enregistrement de ma requête, décidé de me réintégrer dans mes droits à l'ANPE donc à l'Allocation de Solidarité Spécifique ?
Et si mon indemnisation avait été vitale, ma radiation dramatique ? Deux ans, monsieur, veuillez patienter. Votre référé n'a pas été jugé recevable, votre dossier n'est donc pas urgent, veuillez patienter et répondre aux questions adressées par voie postale.

Oser me virer du Rmi ! Quelle honte ! Un Conseil Général de gauche en plus ! La machine à exclure est en roue libre…
Viré de quelques histoires d'amour, aussi, forcément : les sentiments résistent rarement à un tel parcours…

Je peux tenir ainsi quelques minutes, broder sur le « grand capital », les conséquences de la mondialisation, l'urgence d'un retour aux préoccupations sociales, la nécessité de produire des statistiques véritables preuves du bien-fondé des mesures gouvernementales...

Parfois je m'invente des contemporains avec lesquels des relations humaines seraient agréables. Et cette modeste présentation déclencherait un fou rire ou un sourire de connivence. Parfois. Mais le plus souvent je préfère sourire vraiment seul. Et vider une bière à la santé des salariés, des ministres, des syndicalistes ; parfois même du Conseil Général ; qui serait peut-être compatissant si j'invoquais un funeste destin de victime en remontant à ma première expulsion d'un mouvement organisé : le club de football de Troisvaux-Belval, dans le Pas-de-Calais, où le fils du président présidait sur le terrain. Monsieur le Conseiller Général, « ancienne gloire cantonale du ballon rond », me procurerait sûrement un emploi communal si j'évoquais, presque larmoyant, « ma détresse », quémandais contre la promesse d'une totale dévotion, de quelques rimes thuriféraires.

Mais ce serait trop difficile, un véritable jeu de scène, intenable, d'entretenir des « relations humaines » au-delà du strict nécessaire. Même avec des êtres exponentiellement plus cultivés. Il est sûrement trop tard : être encore et de nouveau viré ne m'intéresse plus. Le goût n'y est plus : à 25, même 30 ans, je correspondais encore à l'idée que je me faisais de l'insoumission. Oui, il est sûrement trop tard. Même pour l'amour. J'ai 36 ans. Et trop de cheveux m'ont abandonné.

Avec ma mère, au téléphone, un soir, j'ai bien testé ce pathétique speech. Comme c'était tellement prévisible, elle a embrayé sur son invariable couplet refrain « tu vas vivre de quoi ? tu regretteras Groupama. » Même pas un alexandrin ! Parce qu'à Groupama donc, j'étais cadre, le premier enfant du village à décrocher un BTS avait été embauché chez l'assureur des agriculteurs. Voie royale, oui, oui. Ça rabaissait un peu leur clapet aux épouses de conseillers municipaux dont les fils rivalisaient de BEP agricole en CAP mécanique et les filles de CAP commercial en BEP coiffure.

Dans mon dictionnaire de rimes, avec Groupama y'a que migraine. J'ai souri en retenant au bord des lèvres cette vieille réplique. Inutile de la balancer... ou bien pour voir ? Voir si elle va enchaîner de nouveau « c'est pas des rimes qui vont remplir ton assiette. »

L'assiette : mes arguments culinaires lui semblent loufoques : incompréhensible, cette critique des restaurants alors justement « qu'aller au restaurant » est un signe de réussite. Folie, l'expression « *de la merde bien présentée* » ! Aujourd'hui, dans mon assiette, la viande provient de ma cour, les légumes du jardin et les fruits des quelques arbres (sûrement mes meilleurs amis après les poules, les pintades, les dindes et les pigeons). Un rmiste peut désormais se nourrir mieux que les princes. Pauvre Premier ministre obligé de croquer une cuisse de poulet industriel pour soutenir la filière aviaire, pauvres politiques condamnés à partager les gargouilles festives pour récolter quelques voix. Ceci est mon message !

Ma sœur avait placé son traditionnel « il retombe toujours sur ses pattes » et raconté sa passionnante journée au service d'une PME familiale où la secrétaire est une forme de bonne, une boniche quoi.

Bien sûr, c'était « pour changer de sujet » : si elle croyait vraiment qu'on finit toujours par s'en sortir, elle aussi, elle changerait de région, de vie, d'alimentation, d'écharpe, de chien.

Mais quand le compteur de son téléphone atteignit 57 minutes, la vieille (j'appelle ainsi ma mère) n'a pu éviter de revenir à la charge « Alors, ils ne te donnent plus rien ? » Plus un centime, tout part dans les notes de frais du Conseil Général !

« Bon, on raccroche, sinon ça va nous coûter cher » (ma sœur). Gloire à l'opérateur portugais Uvtel : une heure de communication, c'est dix centimes d'euro. Avec France-Telecom, en 1995, une minute, trois francs ; et ils vantaient ce tarif ! J'ai ainsi chaque semaine une heure de dialogue familial, le reste du temps le téléphone est sur répondeur. Avec deux minutes d'une voix la plus monocorde possible, chargée de décourager tout contact en renvoyant vers un site internet dont l'adresse n'est naturellement pas communiquée.

Finalement, avec ma mère aussi, je préfère imaginer sa réaction. Fils indigne, parti dans le sud-ouest pour vivre la misère, contemporain infréquentable. Trop imprégné de Pascal. Pascal, *les pensées* de Blaise Pascal, dont une seule m'est restée. Mais elle a métamorphosé ma vie :
Tout le malheur des hommes vient d'une seule chose, qui est de ne savoir pas demeurer en repos, dans une chambre.
Ma justification philosophique ! Je suis même parti dans le Lot avec ces ailes.

Faut être malade de gâcher sa carrière et sa vie, à cause d'un type pareil ! J'ai dû l'entendre cette remarque.

Hypothèse préférable : je l'ai inventée. Ou alors, c'est Aurélie, dernière compagne longue durée, en claquant la porte lors d'une de ses menaces de rupture enfin, un jour, mise à exécution. Je n'ai jamais su larguer, j'ai toujours préféré être viré. Etre viré présente de nombreux avantages. En amour aussi.

2

Leur regard est expressif : « c'est un bon à rien. » Dans certains quartiers, le terme « looser » servirait, ici, à la campagne, les vieilles expressions subsistent. J'ai grandi ici, leurs regards, je sais les transformer en paroles :
Ça lui apprendra de s'être cru important, avec sa 205 XS noire et sa princesse. Elle a compris, elle l'a largué. Un bon à rien, je l'ai toujours dit. A Groupama ils s'en sont bien aperçus. C'est un lointain cousin de sa mère qui l'avait fait entrer, maintenant tout le monde le sait. Maintenant plus personne l'embauchera, même à la conserverie ils n'en voudraient pas. Avec ses longs crins ! Il est revenu manger le peu qu'il reste chez sa mère. Je vous dis que ça finira mal, cette histoire. Ça m'étonnerait pas qu'il finisse truand... il finira en prison, je te le dis...

Sentiment de satisfaction au village. Gâché par ma mère, tenant à son honneur d'avoir un fils cadre et colportant la grande nouvelle familiale : « *il n'est pas parti sans rien... et ce qu'il touche des assedic, ils sont pas nombreux à le gagner en travaillant... alors il n'est pas pressé...* ». Pan sur leur bec.

Je ne m'en mêle pas : je ne suis pas là pour rester. Et si la vie est logique, vous serez au cimetière quand je raconterai. Encore aujourd'hui, quand je me les représente, je vois des cadavres. Les imaginer morts, c'était alors mon arme d'autodéfense ; je ne pouvais concevoir que la vie s'attarde bien longtemps dans des êtres tellement nuisibles.
Quelques mois plus tôt, Angélique m'avait raconté des ragots, elle en souriait, elle savait leurs intentions et je

savais qu'un jour ça arriverait, alors je souriais aussi. Je savais qu'elle me quitterait. Mais pour une autre raison : cette rupture était indispensable : elle ne serait jamais partie loin de là, elle était de là, et je me sentais d'ailleurs. Elle serait partie à une centaine de kilomètres pour raisons professionnelles mais pas pour des raisons essentielles, existentielles. Alors je vivais pleinement cette aventure qu'elle prétendait croire « éternelle. » Alors je prétendais aussi la croire « éternelle. » C'était indispensable : il aurait été absurde de gâcher par excès de lucidité les quelques mois qui nous restaient.

3

- Si t'es pas content de ton sort, tu démissionnes mais tu ne nous emmerdes pas !

Au moins c'est clair ! Groupama n'est pas connu pour licencier !

Heureusement... Paul Beaulier voit ses rêves de grandeur contrariés, le Crédit Mutuel national et Groupama national reprennent le pouvoir dans le Pas-de-Calais, finie l'union « contre nature » entre les deux entités, ailleurs concurrentes.

Groupama se régionalise... j'accepte une « mutation géographique » à Reims, au Centre Informatique Inter Régional de la Mutualité Agricole, récompensée d'une prime de « mobilité / installation » de 60 000 francs... mais Arras peine tellement à réussir sa migration informatique qu'il m'est demandé d'y rester quelques jours par semaine... Période faste où les frais de déplacement sont payés par Groupama Reims de manière automatique... chaque semaine les kilomètres augmentent...

Je trouve le meilleur moyen de faire durer le plaisir : un aimant. Simplement le passer sur la bande magnétique destinée au futur centre régional. Le chef va même une fois en personne la conduire à Reims : elle est illisible : quelques secondes m'avaient suffi, celles de son crochet aux toilettes. Si cette bande n'avait pas été posée quelques minutes sur son bureau, je perdais sûrement six semaines de bon temps : il fallut redéfinir « les protocoles ». Réunion au sommet !

Je répète : mais si, on va s'en sortir. Je demanderai finalement une prime pour contrat rempli, grand investissement dans ce défi ! Obtenue. C'est déjà ça.

4

- Continuer, c'est impossible ! Je me lève le matin à heure fixe et je suis déjà pressé.
- Comme moi.
- Je n'ai même pas le temps de profiter des réflexions de Philippe Meyer.
- Il ne sait que critiquer !
- Je passe les journées dans des dossiers ou des programmes.
- Presque comme moi.
- Je rentre le soir crevé.
- Comme moi.
- J'ai juste la force de regarder la télé en mangeant une boîte.
- Comme moi. Et en plus, moi, je dois l'ouvrir la boîte et nous la faire chauffer.
- Et dans dix ans, la seule différence ce sera une maison individuelle en quartier résidentiel plutôt que cet appartement ?
- Ce serait déjà pas mal.
- Une vie comme ça, c'est une mort anticipée.
- T'es vraiment difficile, parfois. T'as pourtant un super salaire.
- T'es vraiment conne.
Ce sera la dernière dispute. Je l'ai bien cherchée ! Ouf ! Elle me vire. Enfin, elle part, l'appartement étant à mon nom.
Quelques soirs plus tôt, j'avais écrit : Je sens qu'on s'enlise / Avant de remplir mes valises / Je te surnomme Lise / Oh ma lise, on s'enlise.

5

Qu'il est difficile, en France, de sortir du bureau une dernière fois, avec un chèque de 174 950, 54 francs. Dont 134 000 francs en « indemnité transactionnelle. » Dérisoire certes, comparé aux chiffres susurrés quand Paul Beaulier est débarqué de Groupama / Crédit Mutuel. Mais il avait la soixantaine et moi vingt-cinq ans. Avec aussi le droit d'entrer aux Assedic.

A part un beau voyage, tu peux rien faire avec ça !

Impossible d'acheter un appartement à Reims. Sans regret : vivre dans cette ville serait impossible.
[- Mais tu y as vécu presque deux ans, à Reims !
- Je ne vivais pas, j'hibernais, en tenant grâce à la perspective de la retraite à 25 ans.]
Peut-être subsiste-t-il encore, en France, un coin paumé où les maisons se vendent une bouchée de pain « parce qu'il n'y a pas d'usine. » Intuition.

6

Persuader une direction qu'il y va de son intérêt, de proposer une séparation à l'amiable. Les renseignements venus d'Arras sont pourtant formels : le CDI, contrat à durée indéterminée, fut signé après vérification des compétences. Durant ses deux CDD, contrats à durée déterminée, le jeune diplômé s'était tellement bien comporté... « il doit s'être passé quelque chose. »
Il leur faut un raisonnement logique. L'informatique a besoin de logique, même dans la gestion des ressources humaines. Alors je lâche quelques « confidences. » Et ainsi tout s'explique : il n'a pas supporté la séparation d'avec sa fiancée ; il faut qu'il se ressaisisse, sinon ça va mal se terminer ; on ne peut quand même pas le conserver à ne rien faire, en plus il perturbe le service, tous savent qu'il est le mieux payé du plateau...

Surtout ne pas céder : ne pas se contenter d'un placard doré ; payé à rien faire, c'est tentant, mais c'est encore être présent, quand même, malgré tout, 39 heures par semaine.

7

Le troisième docteur est le bon. Une doctoresse. Jamais d'attente. Très faible clientèle. J'irai à la pharmacie et je balancerai le paquet sous mon lit, sans même l'ouvrir. Des antidépresseurs, elle a dit. Et surtout : deux semaines d'arrêt de travail.

Je deviens un « client régulier ». Je n'en rajoute pas. Pas trop. Je sais qu'elle sait : je ne suis pas plus atteint que la majorité des bureaucrates.

Mais elle sait : si elle refuse de me signer un arrêt, demain j'irai ailleurs.

Même financièrement, je n'y perds rien. La convention collective nous garantit un salaire sans retenue en cas de maladie.

C'est évident : un jour l'état trouvera une parade, obligera les « patients » à toujours consulter le même docteur, enrobera cette « grande réforme » sous des principes de « bonne médecine », « meilleur suivi », sans avouer la véritable motivation.

Je « profite du système. » Aucune mauvaise conscience : je suis en résistance : je veux vivre dignement dans une époque indigne.

Personne n'entend cette phrase notée sur l'agenda Groupama. Elle serait jugée « trop facile » : la vie ce n'est pas ça.

Je sais, si j'étais né en 1800 ou même aussi en 1968 mais au Bangladesh, mes exigences de privilégié auraient été matées. Je n'aurais sûrement même pas eu la capacité de les formuler. Je sais mais ce n'est pas une raison pour me sacrifier. Il faudrait être fou d'avoir la chance de naître en

France, à une époque prospère, et de perdre sa vie dans un bureau avec des collègues qui rêvent de gagner au loto, de rencontrer Patrick Sabatier, Johnny Hallyday, France Gall ou Isabelle Adjani.

8

Vont-ils enfin comprendre le véritable sens de mes absences ? Messieurs, je ne plaisante pas, je ne traverse pas « une crise », je ne serai jamais plus un employé modèle, pas même acceptable.

9

PROTOCOLE D'ACCORD TRANSACTIONNEL

Entre les soussignés,

Le CENTRE INFORMATIQUE INTER-REGIONAL DE LA MUTUALITE AGRICOLE (CIIRMA), 24, boulevard Louis Roederer à REIMS, représentée par :

Monsieur Philippe DESWAERTE en sa qualité de Directeur

Et,

Monsieur Stéphane TERNOISE.

IL EST PREALABLEMENT EXPOSE CE QUI SUIT :

Monsieur Stéphane TERNOISE, a été engagé au C.I.I.R.M.A le 1ᵉʳ Juillet 1992 et affecté à la même date au service « ETUDES » en qualité de programmeur en Informatique.

Cette affection fait suite à une mobilité professionnelle proposée et acceptée par Monsieur Stéphane TERNOISE, qui a conduit l'intéressé à quitter le poste de programmeur qu'il occupait précédemment au sein de l'Etablissement GROUPAMA du PAS DE CALAIS.

Après divers entretiens et échanges de correspondances portant sur le bilan d'activité au terme d'une première année de fonctionnement, et dans le but de favoriser une meilleure réciprocité fonctionnelle dans le cadre de la relation contractuelle, le transfert au sein de la cellule « Projet-Méthodes et Métrologie » du C.I.I.R.M.A a été décidé ; décision acceptée par Monsieur Stéphane TERNOISE.

Au terme d'un mois de cette nouvelle relation, les parties constatent que les objectifs auxquelles elles sont respectivement attachées ne semblent pas converger vers une communauté d'intérêts conciliable avec une relation contractuelle professionnelle.

C'est dans ces conditions que les parties se sont rencontrées pour examiner leur position respective et parvenir à une solution satisfaisante pour chacune.

En définitive, ayant abouti à des concessions réciproques, le C.I.I.R.M.A. propose de mettre fin à leur relation par la conclusion du présent protocole d'accord transactionnel, proposition acceptée par Monsieur Stéphane TERNOISE.

<u>ACCORD TRANSACTIONNEL</u> (en application des articles 1134 et 2044 du Code Civil)

Les parties conviennent de mettre un terme au contrat de travail liant Monsieur Stéphane TERNOISE au C.I.I.R.M.A.,

étant précisé, que la date de cessation dudit contrat a été fixée d'un commun accord au 30 Novembre 1993.

Le C.I..I.R.M.A procédera au versement, à titre

d'indemnité transactionnelle, au bénéfice de Monsieur Stéphane TERNOISE, d'un montant forfaitaire de 134.000,00 Francs (CENT TRENTE QUATRE MILLE FRANCS).

Le versement de cette somme aura lieu le jour de la cessation du contrat de travail, simultanément avec le versement correspondant au solde de tout compte et liquidera définitivement les comptes entre les parties du fait des liens contractuels ayant existé entre elles.

Les deux parties signataires de la présente transaction s'interdisent mutuellement tout recours contentieux de quelque nature que ce soit et quels qu'en puissent être les motifs.

Les deux parties s'engagent entre elles au respect de la confidentialité sur les termes contenus dans la présente transaction.

Fait à REIMS, le 24 Novembre 1993

Bon pour transaction

Bon pour transaction
et
désistement d'action

Philippe DESWAERTE

Stéphane TERNOISE

10

Paragraphe essentiel :
« *le C.I.I.R.M.A. propose de mettre fin à leur relation par la conclusion du présent protocole d'accord transactionnel, proposition acceptée par Monsieur Stéphane TERNOISE.* »

La première version stipulait une séparation d'un commun accord... cette expression excluait le salarié d'une indemnisation aux Assedic alors qu'une proposition de l'employeur acceptée par le salarié ouvre les portes du « salaire de substitution ».

Visite essentielle aux Assedic de Reims avant la signature.

Visite cinéma d'un employé modèle victime d'une mutation géographique piégée, victime d'un véritable « harcèlement moral » (l'expression venait d'être lancée).

11

A LA SUITE DE VOTRE INSCRIPTION COMME DEMANDEUR D'EMPLOI LE 07/12/93, VOUS AVEZ DEPOSE UNE DEMANDE D'ALLOCATION RECUE PAR NOS SERVICES LE 17/12/93.

AU VU DES INFORMATIONS CONTENUES DANS VOTRE DEMANDE, ET DES PIECES JUSTIFICATIVES JOINTES, VOUS ETES ADMIS, EN L'ETAT ACTUEL DES TEXTES EN VIGUEUR, AU BENEFICE DE L'ALLOCATION UNIQUE DEGRESSIVE.

CES ALLOCATIONS, PAYABLES MENSUELLEMENT , VOUS SONT NOTIFIEES POUR UNE DUREE DE 912 JOURS, DONT 274 JOURS AU TAUX PLEIN JOURNALIER DE 273,64 F. CE MONTANT SERA ENSUITE DIMINUE DE 17 % PAR PERIODES SUCCESSIVES DE 122 JOURS.

VOS PRESTATIONS SERONT VERSEES PAR VIREMENT SUR LA DOMICILIATION BANCAIRE : 16275 00200 XXXXXXXXXXX/81 C.E PAS DE CALAIS.

SOUS RESERVE DE LA JUSTIFICATION DU MAINTIEN DE VOTRE SITUATION DE DEMANDEUR D'EMPLOI AUPRES DES SERVICES DE L'ANPE.

TOUTEFOIS, ELLES VOUS SONT ATTRIBUEES POUR UNE PERIODE DE 122 JOURS. CETTE PERIODE SERA RENOUVELEE, SOUS RESERVE QUE VOUS CONTINUIEZ A REMPLIR LES CONDITIONS DU MAINTIEN DU VERSEMENT DES ALLOCATIONS, EN PARTICULIER CELLES

RELATIVES A LA RECHERCHE D'EMPLOI : VOUS DEVEZ EN EFFET, POUR BENEFICIER DES ALLOCATIONS, ETRE A LA RECHERCHE EFFECTIVE ET PERMANENTE D'UN EMPLOI (ART. 28.B DU REGLEMENT)

LES SERVICES DE L'ASSEDIC PROCEDERONT, EN CONSEQUENCE, DANS 3 MOIS, A L'EXAMEN DE VOTRE SITUATION POUR VERIFIER QUE VOUS CONTINUEZ A REMPLIR LES CONDITIONS D'ATTRIBUTION DES ALLOCATIONS.

C'EST POURQUOI NOUS VOUS CONSEILLONS DE CONSERVER TOUTES LES PIECES VOUS PERMETTANT DE JUSTIFIER DE VOS RECHERCHES.

VOTRE ADMISSION PREND EFFET LE 31/03/94.

LE POINT DE DEPART DE VOTRE INDEMNISATION EST CALCULE EN FONCTION :

- D'UN DELAI DE CARENCE NON PAYABLE RESULTANT DE VOS INDEMNITES COMPENSATRICES DE CONGES PAYES DE 30 JOURS.

- D'UN DELAI DE CARENCE NON PAYABLE RESULTANT DE VOS INDEMNITES DE LICENCIMENT SUPRA-LEGALES DE 68 JOURS.

- D'UN DIFFERE D'INDEMNISATION DE 8 JOURS QUI COURT A COMPTER DU TERME DE CE DELAI.

NOUS VOUS PRIONS D'AGREER, MONSIEUR, NOS SALUTATIONS DISTINGUEES.

LE DIRECTEUR,

12

Il suffit d'écrire des exigences farfelues pour obtenir une lettre-type de refus. C'est simple. Ça ne coûte qu'un timbre.

13

Des « vacances »... avec l'intention d'observer... « le marché immobilier »

- Y'a que dans le Lot où vous trouverez une maison habitable avec si peu. Mais faut y vivre ! si vous aimez la solitude ! Parce que le Lot, c'est beau l'été mais l'hiver il faut y vivre !

Un notaire n'est pas toujours un escroc qui tente de soutirer une commission « sans facture »... il peut sauver la vie !

Merci cher bon maître !

Obtenir un prêt serait préférable. Et le rembourser via l'aide au logement idéal. Ma banque « historique », c'est la Caisse d'Epargne. Elle doit bien savoir qu'elle ne perdra rien dans cette affaire. Et ma demande de prêt est minime, 20 000 francs ne peuvent m'être refusés, ils proviennent d'un Compte Epargne Logement. Je demande seulement 50 000 supplémentaires, je les ai mais préfère les garder « en cas de coup dur ». Je joue cartes sur table :

- Vous connaissez mon salaire précédent, il était viré chez vous. Vous avez vu ma capacité d'épargne en quelques années. Vous connaissez le montant de mes allocations assedic. Elles sont virées chez vous. Vous savez que même avec ces seules allocations j'ai les moyens de vous rembourser. Soit dans le Lot, je retrouve une situation comparable à la précédente, soit je vis quelques années des assedic et vous savez qu'en même temps que leur baisse, mes droits à l'aide au logement augmenteront.

- Mais si les partenaires sociaux décidaient de les supprimer ou de les restreindre ; un banquier se doit d'envisager toutes les hypothèses et retenir la plus défavorable avant de se prononcer.

- Vous envisagez même une dissolution des Caisses d'Epargne et la mise au chômage sans indemnité ni droits de ses employés ?

- Je ne vais pas jusque-là.

- Et le cas échéant ma maison vaudra toujours plus de 70 000 francs.

- Je ne l'ai vue qu'en photo.

- Demandez à votre direction, elle vous offrira peut-être le voyage ou poussez le professionnalisme jusqu'à le réaliser sur vos propres deniers !

15

Avoir un toit, au calme. C'était sûrement ma seule ambition. Etre viré avec suffisamment pour acheter une maison où la tranquillité soit possible. « Après, on se débrouille toujours.»

C'était en suspension dans ma tête, mais j'aurais bien été incapable de résumer ainsi mon départ. Je l'ai compris après avoir lu Confucius, me sentant ainsi confusément confucéen.

« L'avantage d'une résidence c'est le bien qu'on y trouve. Celui qui a la liberté de choisir mais ne choisit pas un endroit convenable, peut-on le considérer sage ?»

« *Les mécanismes de solidarité sociale (allocation chômage, etc) devront être utilisés à plein, ainsi que le soutien d'amis plus aisés. Ne développez pas de culpabilité excessive à cet égard. Le poète est un parasite sacré.* »

Merci Jérôme Garcin, dans son habit d'animateur du *Masque et la plume*, d'avoir présenté Michel Houellebecq d'une manière me persuadant d'y dénicher les mots qu'il me fallait.

Rester vivant (et autres textes), 10 francs en *Librio*, devient ma référence. Enfin, les onze premières pages, une « justification littéraire. »

Si je suis d'accord pour profiter pleinement de solidarités sociales, avoir des amis, même pour les plumer, exige trop d'engagement. Pourquoi pas poète !

« *Dites-vous bien qu'en règle générale il n'y a pas de bonne solution au problème de la survie matérielle ; mais il y en a de très mauvaises.* »

Vivre de peu, profiter au maximum des achats remboursés (plusieurs Rib, donc certains falsifiés) et surtout apparaître plus pauvre que l'on est, ne pas effectuer de dépenses avant qu'elles ne soient indispensables. Si le toit d'une dépendance cède ne surtout pas donner au couvreur du coin le petit pécule peut-être un jour vital. Seul est sacré le toit de la maison.

17

Ce jour-là, je décide d'ouvrir « un cahier. » « Ce jour-là », car, contrairement à la « tradition », aucune date. J'en avais tellement subtilisés à Groupama, des cahiers, qu'un carton débordait.

J'y note d'abord ma référence Pascalienne, *Tout le malheur des hommes vient d'une seule chose, qui est de ne savoir pas demeurer en repos, dans une chambre.*
Puis un aphorisme de Chamfort, le 276 :
« *On est plus heureux dans la solitude que dans le monde, cela ne viendrait-il pas de ce que dans la solitude on pense aux choses, et que dans le monde on est forcé de penser aux hommes.* »

Je lis à Aurélie cette initiative. Puis l'aphorisme qui me semble devoir suivre. Elle casse une assiette en hurlant « *tu veux dire que je t'emmerde* » à cause de « *Est-il bien sûr qu'un homme qui aurait une raison parfaitement droite, un sens moral parfaitement exquis, pût vivre avec quelqu'un ? Par vivre, je n'entends pas se trouver ensemble sans se battre ; j'entends se plaire ensemble, s'aimer, commercer avec plaisir.* »

C'est peut-être une mauvaise idée, ce cahier. Mais un jour, il me servira ! Un jour il faudra que je raconte… quand je saurai écrire ! Quand mes phrases seront moins difficiles à sortir, mieux construites, avec moins de verbe « être » et « avoir ». Ce cahier est donc plus qu'un confident : un cahier de brouillon.

18

T'es qu'un pauvre type. Je ne veux plus jamais entendre parler de toi…

La rupture idéale. En plus : insister un peu, « s'humilier ».

« S'humilier » : montrer (faire croire) qu'on aime encore, qu'on veut continuer cette histoire, qu'elle est vitale, qu'on y tient vraiment à l'autre. La rupture étant nécessaire, indispensable (l'autre a si peu de chance d'être compatible à long terme), quelques semaines de cinéma arrangent tout le monde. Tout le monde : l'autre (qui n'est pas dans une démarche philosophique donc fonctionne par attraction – répulsion – orgueil – gagnant – perdant), soi (la tranquillité est proche) et « les autres » (celles et ceux qui s'en mêleront, dont « la famille » et les « amis » - pour soutenir suivant « leur camp », donc se donner l'impression de « compter »).

Ne pas hésiter à balbutier aux « bonnes âmes si généreuses », prêtes à soutenir, écouter, distraire : « c'est trop difficile. » Ecarter les importuns sans s'attirer leur rancœur, leur vindicte, leur haine, qu'ils pensent : il est trop triste, trop chiant pour nous… Viré d'amours et d'amitiés. Enfin seul.

19

MONSIEUR ,

PAR DECISION DE LA DIRECTION
DEPARTEMENTALE DU TRAVAIL ET DE
L'EMPLOI, VOUS ETES ADMIS(E) AU BENEFICE
DE :

- L'ALLOCATION DE SOLIDARITE SPECIFIQUE 84
- A COMPTER DU 28/09/96
- POUR UN MONTANT JOURNALIER DE 74,01 FRS

CE MONTANT PEUT ETRE REDUIT SUIVANT
L'EVOLUTION DE VOS RESSOURCES.

CETTE ALLOCATION VOUS EST ATTRIBUEE
POUR UNE PREMIERE PERIODE DE 6 MOIS SOUS
RESERVE QUE VOUS CONTINUIEZ A REMPLIR LES
CONDITIONS D'ATTRIBUTION ET NOTAMMENT
DE RECHERCHE D'EMPLOI.

A L'EXPIRATION DE CETTE PEDIODE, LE
RENOUVELLEMENT NE POURRA INTERVENIR
QUE SI L'EXAMEN DE VOTRE SITUATION,
AUQUEL IL SERA ALORS PROCEDE, NE CONCLUT
PAS A L'INSUFFISANCE DE VOS EFFORTS DE
REINSERTION.

NE SONT PAS ASSUJETTIS A LA
CONTRIBUTION SOCIALE GENERALISEE
INSTITUEE PAR LA LOI N 90-1168 DU 29/12/1990 ,
LES ALLOCATAIRES "NON IMPOSABLES". SI TEL

EST VOTRE CAS, VEUILLEZ NOUS FOURNIR VOTRE AVIS DE NON IMPOSITION.

LE PAIEMENT DE VOS ALLOCATIONS SERA EFFECTUE MENSUELLEMENT A TERME ECHU SELON LE MODE CI-APRES : VIREMENT BANCAIRE

COMPTE N 04890XXXXXX 81

CE P DE CALAIS ARRAS

VEUILLEZ AGREER , MONSIEUR , NOS SALUTATIONS DISTINGUEES.

L'ASSEDIC MIDI PYRENES.

20

Après les allocations dégressives : fin de droits. Et allocations de *Solidarité Spécifique 84*. C'est la loi. A vie ? Tant que vous chercherez un emploi…
J'en profite pour changer le descriptif de l'emploi recherché. Désormais « auteur de chansons » et «chroniqueur».

21

Michel Houellebecq m'avait fait découvrir Chamfort qui me conduit à Sénèque : je suis ainsi définitivement perdu pour la vie sociale !

J'emmène désormais systématiquement « mon petit Houellebecq » chez les bureaucrates.

OBJET : NOTIFICATION DE NON RENOUVELLEMENT

MONSIEUR ,
VOUS ETES BENEFICIAIRE D'UNE ALLOCATION DE SOLIDARITE.

PAR LETTRE DU 16/04/02, NOUS VOUS INFORMIONS QUE, SANS RECEPTION DE VOTRE DECLARATION DE RESSOURCES DANS LES 15 JOURS, NOUS SERIONS DANS L'OBLIGATION D'EN INFORMER LA DIRECTION DEPARTEMENTALE DU TRAVAIL, DE L'EMPLOI ET DE LA FORMATION PROFESSIONNELLE.

VOUS N'AVEZ PAS RETOURNE VOTRE DECLARATION DANS LES DELAIS.

LA DIRECTION DEPARTEMENTALE DU TRAVAIL, DE L'EMPLOI ET DE LA FORMATION PROFESSIONNELLE A PRIS LA DECISION DE NE PAS RENOUVELER LE VERSEMENT DE VOTRE ALLOCATION.

DANS LES DEUX MOIS SUIVANT CETTE NOTIFICATION, VOUS POUVEZ CONTESTER CETTE DECISION EN EXERCANT :

* SOIT UN RECOURS ADMINISTRATIF (RECOURS GRACIEUX AUPRES DU DIRECTEUR DEPARTEMENTAL DU TRAVAIL, DE L'EMPLOI ET

DE LA FORMATION PROFESSIONNELLE OU RECOURS HIERARCHIQUE AUPRES DU MINISTRE DU TRAVAIL)
* SOIT UN RECOURS CONTENTIEUX DANS LE DELAI DE DEUX MOIS DEVANT LE TRIBUNAL ADMINISTRATIF COMPETENT.

RESTANT A VOTRE DISPOSITION,
NOUS VOUS PRIONS D'AGREER, MONSIEUR , NOS SALUTATIONS DISTINGUEES.

LE DIRECTEUR DE L'ASSEDIC
PAR DELEGATION DU DIRECTEUR DEPARTEMENTALE DU TRAVAIL, DE L'EMPLOI ET DE LA FORMATION PROFESSIONNELLE

23

En France, parfois, le courrier se perd… Un appel suffira.
Je ne suis pas viré !

Quand Lionel Jospin deviendra un sujet d'étude, il apparaîtra comme le Premier ministre sous lequel le chômeur fut le plus tranquille. Le dernier Premier ministre sous lequel le chômeur fut tranquille ? Certes, quand approcha l'élection présidentielle, les ministères, associations et autres organismes agréés ne parvenaient plus à absorber les rejets de l'économie classique, la bonne vieille méthode « d'épuration des fichiers » fut alors décrétée. Madame Chaignet, de la DDTEFP, s'en excusait et me dictait une lettre nécessaire et suffisante pour ranger mon dossier. Je l'écrivais, la signais et pouvais continuer. Passé près !

Mais Lionel Jospin laissa sa place à Jean-Pierre Raffarin et madame Chaignet la sienne à madame Dragon.

Jean-Pierre Raffarin ne décrocha sûrement pas son téléphone pour exiger du directeur de la DDTEFP le remplacement d'une personne trop sensible par une tueuse.

Rapidement la commission convoqua le mauvais chômeur. Fallait que ça cesse. Je n'étais pas le seul.

25

Pour justifier ma démarche « artistique », je publiai un livre « *Assedic Blues, Bureaucrate ou Quelques centaines de francs par mois.* » Un « pamphlet ». C'était urgent : pas le temps de démarcher un éditeur. A force de prendre des notes, j'avais matière à 192 pages mises au format souhaité par un imprimeur parisien.

Aucun risque financier grâce à l'imprimerie numérique : deux cents livres fabriqués. En vendre soixante suffisant pour « atteindre le seuil de rentabilité ».

Et découverte des salons du livre. Cazals, Mercues, Laramière, Figeac, Gaillac.

Je sais me présenter au téléphone. Mais ne suis pas « l'écrivain attendu ». Un peu le petit jeune sympathique accepté par humanisme. Alors le petit jeune devrait savoir tenir son rôle. Aucune des bonnes manières exigées. Je vends néanmoins quelques livres. Les premières fois, c'est « intéressant ». Mais rapidement, convaincre devient « comme au bureau ». Croisant Georges Coulonges, je repense aux textes en format chansons. Peut-être les gens sont plus intéressants, dans ce milieu. Suffisant pour être sélectionné aux rencontres d'Astaffort de Francis Cabrel puis au Francofolies de La Rochelle. Les gens n'y sont pas plus intéressants.

27

Viré des salons du livre, viré des festivals. Sans effraction ni esclandre, simplement « plus invité ».
Un seul domaine m'intéresse vraiment : internet. Découverte. Montrer sans devoir se montrer. L'idéal.

28

Le soir, j'écris :

Stéphane Ternoise ne sera plus cadre.
Stéphane Ternoise ne deviendra pas un auteur modèle de chansons modernes.
Essayer de séduite des interprètes et des intermédiaires ne l'intéresse pas. Stéphane Ternoise ne sollicitera aucune subvention.
Il se rend aux convocations des administrations comme Zola pouvait visiter une mine.
Un jour il racontera.
J'étais face à madame Dragon et la répartie m'est venue : « plutôt faire pute. » Naturellement, je l'ai retenue. Elle est trop précieuse : elle résume une décennie de ma vie.

29

En relisant *Amour, prozac et autres curiosités* de Lucia
Etxebarria, la genèse de mon aphorisme devient évidente :
« *Maintenant, je suis serveuse.*
Au bar, je gagne plus que ce que je gagnais dans ce
bureau, et j'ai les matinées pour moi, pour moi seule, et
pour moi le temps libre vaut plus que le meilleur salaire
du monde. Je ne regrette absolument pas ma décision, et
jamais, au grand jamais, je ne retournerais travailler dans
une multinationale.
Plutôt devenir pute. »
« Devenir » et « faire » divergent. Faire n'étant pas être
pour de vrai. Mais le « devenir » de Lucia Etxebarria me
semble plus proche de mon faire, que du réel devenir.
Subtilité ignorée lors de la traduction ?
J'ajoute Lucia Etxebarria dans mes essentiels. Mais sa
date de naissance me renvoie à mon vieillissement. Née
seulement deux ans avant moi et je n'ai encore rien fait de
ma vie. Je sais, j'ai des circonstances atténuantes mais il
arrive un jour où le besoin de rattraper l'enfance n'est plus
qu'un prétexte facile pour ne rien faire… Après la
formation, l'action : ajouter sa pierre.

30

Date : 9 Avril 2003
Affaire suivie par : Mme DRAGON Isabelle
Identifiant : 2975771 J

Lette recommandée avec accusé de réception.

Monsieur,

En date du 1er avril 2003 vous avez été reçu par un agent du service du contrôle de la recherche d'emploi afin d'examiner votre situation au regard de vos recherches d'emploi.

Les opérations de contrôle auxquelles il a été procédé ont permis de conclure que :

- vous êtes déclaré en qualité de travailleur indépendant,
- le développement de vos diverses activités tant en auto-édition, écrivain, qu'en création de sites internet (environ 40) occupe l'intégralité de votre temps et entraîne de fait une absence de recherche effective d'emploi.

En outre, vous avez été dans l'impossibilité de justifier une quelconque démarche de recherche d'emploi complémentaire à ladite activité de travailleur indépendant.

J'envisage pour ces motifs, en application de l'article R351-28 du Code du travail, de prendre à votre égard une décision d'exclusion du versement des allocations spécifiques de solidarité dont vous bénéficiez et vous invite à fournir dans un délai de quinze jours vos observations écrites.

Je vous prie d'agréer, Monsieur, l'expression de ma considération distinguée.

P/Le Préfet
P/Le Directeur Départemental,
Par délégation,
Le Directeur Adjoint

Alain MIQUEL

31

Dialogue à l'ANPE : ne vous inquiétez pas, dans votre cas le mieux c'est le Rmi, là au moins ils ne vous chercheront pas de noises. Il a vraiment l'air de croire ce que je lui dis ! Finalement, tous sont prêts à croire...

Monsieur,

Vous êtes travailleur indépendant depuis le 01/07/2003
Le Conseil général a évalué vos ressources à 349 € par
mois de par votre activité.

La CAF , qui n'est qu'organisme payeur , doit donc
verser la différence entre le montant fixé et le montant
RMI.

Dans votre cas le montant de vos droits mensuels
s'élève à 18.73 €

Je reste à votre disposition,

VOTRE CAISSE D'ALLOCATIONS FAMILIALES

Le technicien Conseil
Maryse PEUCH

33

Le conseil général n'avait aucun élément pour évaluer de telles ressources, je suis toujours au « seuil de rentabilité », sans bénéfice quoi... je suis le seul à savoir que des virements arriveront dans quelques mois !

Ainsi, je peux me permettre de répondre à l'Adda du Lot : « vous n'avez aucune compétence pour juger de la faisabilité de mon projet » et boycotter leur convocation.

Etre viré du Rmi, ce serait bien, non ?

34

REVENU MINIMUM D'INSERTION – FIN DE DROIT

Le 29 septembre 2005

Monsieur,

Vous êtes dans le dispositif du revenu minimum d'insertion (RMI).

Selon la réglementation*, le bénéficiaire du Rmi doit s'engager à établir et à respecter son contrat d'insertion. Or vous n'êtes pas dans cette situation. C'est pourquoi vous ne pouvez plus recevoir cette allocation.

Toutefois, si votre situation change, vous pouvez présenter une nouvelle demande.

Vous avez la possibilité de contester la décision prise sur le Rmi par deux voies distinctes :
- un recours administratif exercé dans le délai de deux mois à compter de la réception de cette lettre auprès du Président du Conseil Général – à adresser à votre caisse d'Allocations familiales.
- un recours contentieux exercé dans le délai de deux mois à compter de la réception de cette lettre ou de la décision

rejetant votre recours administratif, auprès de la commission départementale d'aide sociale (Cdas) -
304 R VICTOR HUGO
46000 CAHORS

Merci de joindre une copie de cette lettre à votre recours. Nous restons à votre disposition, Monsieur, pour tout renseignement complémentaire.

Pour le Président du Conseil Général,

votre caisse d'Allocations familiales.

* Article L 262-23, L262-19 et L262-21 du code de l'action sociale et des familles

35

Gérard Miquel, président du Conseil Général et Alain Miquel, directeur adjoint de la DDTEFP partagent parfois des repas ? Sûrement au moins des cocktails. Merci les Miquel de m'avoir viré.

En référence à Gaston Flosse, longtemps présenté comme un petit dictateur de Polynésie Française, une fois sur deux j'écris :

Monsieur Gaston Miquel, président du Conseil Général.

Une manière de faire comme si j'avais uniquement retenu l'initiale et le nom. Gaston Miquelle m'arrive aussi. Il est aussi sénateur (du Sénat à Paris).

B

Une distance s'est naturellement installée entre lui et les autres. Il sait : il a franchi une frontière. Il est de l'autre côté. Personne d'avant ne pouvait l'accompagner. De son enfance, de son adolescence, plus un seul « ami ». Même pas un « copain ».

La même frontière s'est imposée entre celui régulièrement viré et « le travailleur indépendant. »

Il sait : il a franchi clandestinement des frontières. Aujourd'hui il pourrait raconter. Nombreux souriraient, prétendraient :

- C'est du cinéma, les allemands de l'Est risquaient leur vie pour passer à l'Ouest.

Il répondrait peut-être :

- Tu crois peut-être que je n'ai pas risqué la mienne.

Inutile de revenir sur l'enfance, le risque physique, l'essentiel est dans le risque moral, spirituel, vital, l'âge auquel on ne peut plus se dédouaner sur les autres, où il faut avancer, faire, essayer - ou, et ce n'est guère plus réjouissant, assumer la petite compagne nommée dépression latente !

Il existe une vie après la virétude.

Certes, vivant en « démocratie tolérante », je pourrais présenter un nouveau dossier au Conseil Général pour recevoir une bouée mensuelle. Mais il me faudrait recôtoyer ces gens, faire semblant... Et ces quelques centaines d'euros, il est plus simple de les gagner ! Je suis donc « travailleur indépendant », webmaster. Naturellement, l'ursaff m'envoie la documentation « allégement de charges » pour l'emploi d'un premier salarié. Je suis considéré comme un créateur d'entreprise ! Mais je n'ai pas passé des années à fuir les embrigadements pour retomber dans le même schéma, même inversé, ni petit chef ni patron. C'est naturellement le plus souvent le cas, comme en politique, où les plus farouches opposants d'une dictature deviennent les plus cruels dictateurs quand ils ont renversé le régime en place. Un employé, même très rentable, c'est non !

37

M'annoncer « profession libérale » surprend le plus souvent. Libéral semble être un péché en France. Avocats, huissiers, notaires méritent, certes, la méfiance suscitée. Libéral s'apparente à liberté, dans ma perspective. L'état préfère financer les salariés, abreuver de subventions des emplois dépassés, inutiles, condamnés, ou instaurer une véritable « concurrence déloyale » entre des sociétés ou « associations » dont les salaires sont allégés et le travailleur indépendant. Car des salariés, quand c'est viré, normalement ça hurle et vote contre le gouvernement aux élections suivantes.

38

Même dans cette solitude, des rencontres surviennent. Mais préparées, souhaitées, quand un travail en commun a permis une véritable connaissance. Quelques mois de contacts virtuels permettent un premier tri. Finalement, ce n'était pas de la misanthropie. Juste une lucidité. Lucidité fréquente mais la réponse classique consiste à remplacer les autres par des formes de clones, sans s'être vraiment questionné sur les causes et les conséquences. Internet ouvrant le champ des possibles, il est peut-être possible de dialoguer, œuvrer ensemble. Peut-être. Et plus si affinités.

39

Je serai peut-être encore viré. De la sacem, par exemple, si je continue à dénoncer les pratiques de l'oligarchie au pouvoir. D'une histoire d'amour si…

C

Il sourit, quand il pense à son enfance. Il sait : sa soif d'indépendance provient de cette enfance confisquée, sans enfance.

Il sourit, quand il pense aux cinq années dans des bureaux. Il sait bien : il ne vivait pas encore pour de vrai, il négociait la période de transition, gagnait l'argent indispensable à son véritable projet.

« Cocteau, poète français né à 20 ans » : la découverte de cette présentation l'a enthousiasmé : rarement il avouait « je suis né à 25 ans. »
Cocteau a vécu de 1889 à 1909, comme lui de 1968 à 1993, naturellement. Naître à soi. « Tu joues avec les mots » lui répondait Aurélie.
Cocteau « avait » 20 ans, quand il publia « *les enfants terribles* », en 1929 donc. Il espère « avoir » 20 ans en 2013. Il sait qu'à force de lire il cédera sûrement à la

tentation de raconter ou romancer sa vie. Il sait avoir vécu « autrement », d'une manière « impossible ».

Il sourit quand il pense à Aurélie et son « arrête de rêver ».

Il sourit, il pense à ces dix années de combat, combat pour une formation digne de ce nom, une autoformation spirituelle, humaine, littéraire. Une « autre vie » débute, il a changé de voiture et restaure une dépendance.

40

Mon cœur s'arrêtera. Et ce sera fini. Tout sera fini. Regrettable mais inévitable. Et je ne le saurai même pas. J'aurai été viré de la vie et je ne le saurai même pas ! L'information la plus importante du jour, du mois, de l'année, du siècle, du millénaire, plus importante même que ma naissance. Ou alors je le saurai, j'aurai conscience quelques secondes d'être un mort, quelques secondes plus froides que tout, plus chaudes que tout, et je ne pourrai même pas crier mon refus d'être ainsi viré. Hypothèse qui ne change rien à l'essentiel. Ce sera fini. Tout sera fini. Et vous voudriez qu'être viré de vos petites combines me dérange, vous me voudriez acteur de vos mascarades ?

J'ai parfois pensé « merci à qui me vire, il me redonne un peu de la liberté que j'avais eu la faiblesse de lui abandonner ». Mais je souriais, expliquer aurait été trop long. Et inutile.

Stéphane Ternoise... un peu plus d'informations

Né en 1968

http://www.ecrivain.pro essaye d'être complet, avec un "blog" (je préfère l'expression "une partie des chroniques"). Mais il ne peut naturellement pas copier coller l'ensemble des textes présentés ailleurs.

http://www.romancier.net

http://www.dramaturge.net

http://www.essayiste.net

http://www.lotois.fr

Les noms de ces sites me semblent explicites...
Le graphisme reste rudimentaire. Tant de choses à faire...

http://www.salondulivre.net le prix littéraire a lancé sa onzième édition. Une réussite d'indépendance. Mais peu visible...

L'ensemble des livres numériques ont vocation à devenir disponibles en papier et réciproquement. Il convient donc de parler de livre au sens fondamental du terme : le contenu, l'œuvre. En juillet 2013, le catalogue numérique de Stéphane Ternoise dépasse la barre naguère inimaginable de la centaine. Il est constitué de romans, pièces de théâtre, essais mais également de photos, qu'elles soient d'art (notion vague) ou documentaires (présentation de lieux, Cahors, Cajarc, Montcuq, Beauregard, Golfech...), publications pour lesquelles l'investissement en papier est impossible, sauf à recourir à l'impression à la demande.

Site officiel : http://www.ecrivain.pro

Présentation des livres essentiels :
http://www.utopie.pro

Viré, viré, viré, même viré du Rmi ! de **Stéphane Ternoise**

Dépôt légal à la publication au format ebook (9782916270173) du 6 avril 2011.

Imprimé par CreateSpace, An Amazon.com Company pour le compte de l'auteur-éditeur indépendant.
livrepapier.com

**ISBN 978-2-36541-407-4
EAN 9782365414074**